LECTURES DU JEUDI

PROMENADES A LA CAMPAGNE

PAR

ADRIEN LINDEN

PARIS
LIBRAIRIE CH. DELAGRAVE
15, RUE SOUFFLOT, 15

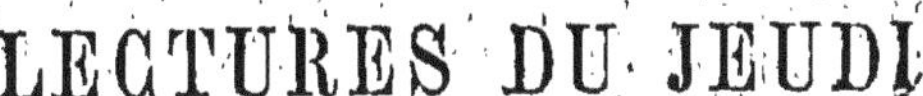

LECTURES DU JEUDI

PROMENADES À LA CAMPAGNE

PAR

ADRIEN LINDEN

TROISIÈME ÉDITION

PARIS
LIBRAIRIE CH. DELAGRAVE
15, RUE SOUFFLOT, 15

1887

PROMENADES A LA CAMPAGNE

LE BLÉ

I

Pendant une chaude journée du mois

d'août, Julien Rémond se promenait dans la campagne avec son papa.

Le petit garçon s'amusait à poursuivre les papillons qui voltigeaient sur les fleurs et à chercher les insectes qui bruissaient dans les haies.

En jouant de la sorte, il se trouva en présence d'un groupe de villageois courbés vers le sol :

— Quelles sont ces grandes herbes jaunes que ces ouvriers coupent avec des lames recourbées ? demanda-t-il à son père.

— Ces grandes herbes, comme tu les appelles, sont des tiges de blé, et l'instrument qui sert à le couper se nomme faucille.

Épi de blé.

Approchons-nous des moissonneurs, et voyons de près ces herbes.

— Tiens, fit l'enfant, il y a quelque chose au bout de ces tiges : on dirait un panache retombant.

On sème le blé.

— Ce quelque chose s'appelle un épi, mon jeune monsieur, répondit le plus âgé des villageois. Cet épi contient le grain précieux avec lequel on fait le pain, notre principale nourriture.

On nomme grands blés le froment et le seigle et petits blés l'orge et l'avoine. Les deux premiers sont presque exclusivement consacrés à notre alimentation; les deux autres nourrissent les animaux.

— Mais le blé ne vient pas tout seul : qui le produit? demanda le petit garçon.

— Dans nos pays, on laboure la terre et l'on sème le blé avant la saison d'hiver; on le récolte dans la saison d'été. C'est à quoi se borne le travail de l'homme; le reste est l'affaire de la nature, qui fait germer, fleurir et fructifier toutes les plantes, comme elle fait vivre tous les êtres.

Une fois confié à la terre, le grain prend racine, se développe, perce le sol et apparaît sous forme de petite herbe; bientôt cette herbe grandit, s'allonge en tige mince, et l'extrémité de cette tige se remplit de trente à cinquante grains semblables à celui qui a été semé.

— Labourer, c'est retourner la terre, n'est-il pas vrai, monsieur? Je n'ai jamais vu labourer.

— Peut-être avez-vous vu labourer sans y faire attention; à votre âge, on voit souvent travailler les ouvriers sans chercher à se rendre compte de ce qu'ils font.

Les jardiniers, les maraîchers, les vignerons labourent la terre au moyen d'une palette de fer large et tranchante à laquelle s'adapte un manche de bois long comme le bras.

Cet outil se nomme bêche.

On enfonce cette bêche dans le sol en s'aidant du pied, et l'on enlève ainsi des mottes de terre que l'on émiette en les jetant devant soi.

Dans les fermes, où il y a de vastes terrains à retourner, le labourage se fait au moyen d'un instrument composé d'un train monté sur deux roues auquel on attache un large

Charrue.

soc de fer tranchant, qui ouvre et qui coupe le sol.

Cet instrument, qu'on appelle charrue, est traîné par des bœufs ou par des chevaux.

Le laboureur enfonce le soc de fer dans le sol, en appuyant sur deux bras ou manches de bois en forme de brancard. Les bêtes de somme, en tirant, entraînent cette lame de fer, qui creuse et retourne une bande de terrain large comme votre chapeau.

On promène ainsi la charrue de bas en haut et de haut en bas du champ, en ayant soin de lui faire tracer des sillons parallèles.

Lorsque le terrain est retourné de la sorte, on l'ensemence en répandant dessus des poignées de grains qu'on jette à la volée.

— Mais les oiseaux doivent manger cette semence? fit observer le petit garçon.

— Aussi a-t-on soin, aussitôt après le labourage, de couvrir cette semence de terre. A cet effet, on promène sur le sol ensemencé un râteau carré, muni de fortes broches en fer.

Cet instrument, qu'on appelle herse, est traîné par un cheval.

Quand la herse a nivelé à peu près le terrain, la semence est à l'abri de la voracité des oiseaux.

— Combien faut-il de chevaux pour traîner la charrue?

Herse.

— Cela dépend de la nature du sol. Dans les terres légères, deux chevaux suffisent ordinairement; mais, dans les terres fortes, il faut quelquefois employer six chevaux ou six bœufs, suivant la mode du pays.

Dans certains pays, le sol est si peu résistant qu'on laboure avec un seul cheval.

Quand j'étais prisonnier en Orient, après le siège de Sébastopol, j'ai vu de petits cultivateurs qui labouraient avec une vache; d'autres qui faisaient traîner leur charrue par un âne et une femme attelés de compagnie.

— Une femme! fit Julien en se récriant.

— Oui, mon jeune ami, une femme; cela vous étonne; on voit que vous ne savez pas encore combien la vie est pénible aux pauvres gens.

Sans courir jusqu'en Crimée, on peut voir de pareils spectacles dans beaucoup de nos provinces. Allez dans le Nord du côté de Lille et de Valenciennes, vous rencontrerez à chaque pas des femmes remorquant des bateaux en tirant la corde comme de véritables bêtes de somme; d'autres transportant des pierres sur leur dos, ou traînant la brouette, ou cassant des cailloux.

Les femmes des pêcheurs font encore un plus rude métier, car souvent elles travaillent ayant le corps à moitié dans l'eau, et ce dans toutes les saisons.

Ces femmes courageuses devraient servir d'exemples à beaucoup de jeunes gens de la ville qui se plaignent d'être obligés de se donner de la peine et qui boudent au travail.

II

— Ce moissonneur a raison, dit M. Rémond à son fils lorsqu'ils se furent éloignés, les jeunes gens lâches et paresseux sont bien méprisables.

— Je comprends comment on laboure,

comment on sème et comment on récolte

Le battage.

le blé; mais je ne m'explique pas de quelle manière il peut donner du pain, dit l'enfant.

— Tu vas le savoir à l'instant : n'entends-tu pas un bruit sourd et cadencé, venant de cette ferme?

— Oui, papa, on dirait le galop d'un cheval

— Ce bruit provient du battage du blé, opération qui consiste à faire sortir le grain de l'épi.

Dans les grandes exploitations rurales, ce travail se fait mécaniquement; mais, dans les fermes de peu d'importance, il se fait à bras d'homme, à l'aide d'un morceau de bois massif fixé par une lanière de cuir à l'extrémité d'un bâton.

Cet outil se nomme fléau; tu vas le voir fonctionner.

Julien, en arrivant devant la grange, remarqua des ouvriers qui frappaient alternativement des gerbes de blé étendues sur le sol avec les fléaux que son papa venait de lui décrire. Quand le battage fut terminé, ces hommes enlevèrent les gerbes vides et entassèrent le blé dans un coin. L'un d'eux, s'emparant d'une corbeille plate et large d'un mètre, la remplit de grains et sortit de la grange.

— Prenez garde à vos yeux, dit-il aux étrangers.

En prononçant ces mots, il fit sauter le grain dans le plateau et disparut au milieu d'un nuage de poussière.

— Cet ouvrier vanne le blé, fit M. Rémond, c'est-à-dire qu'il le dégage de sa fine enveloppe et lui enlève toute malpropreté. L'air fait l'office de balayeur et chasse au loin les pellicules et les insectes.

La corbeille plate dont cet homme fait usage s'appelle un van.

Aujourd'hui, dans les exploitations agricoles de quelque importance, le van est remplacé par une machine fort simple qui porte le nom de tarare.

— Il y a donc des insectes dans le blé? demanda Julien.

— Il y a des insectes un peu partout, mon enfant : toutes matières animales ou végétales sont leurs tributaires.

Si l'on n'avait pas soin de remuer le blé dans les greniers, les petits insectes nommés charançons auraient bientôt fini de le dévorer

Un de ces jours, je te parlerai de ces infiniment petits; tu seras bien étonné d'apprendre le rôle important qu'ils jouent en ce monde et plus étonné encore de connaître le nombre prodigieux de certaines familles d'insectes. Pour t'en donner un exemple en passant, je te citerai les pucerons, tu sais, cette espèce de poux que tu me faisais remarquer hier sur la tige d'un rosier?

Ces pucerons vivent en masses serrées sur un grand nombre de végétaux, principalement sur les sureaux, les groseilliers, les choux, les rosiers, etc.; il y en a de noirs, de jaunes, de vert clair, de vert bronze, etc.

Ces pucerons ont cela de particulier que, au lieu de pondre des œufs comme les autres insectes, ils pondent des petits vivants, et rien que des femelles jusqu'à la onzième génération.

Chaque puceron donnant naissance à quinze ou vingt petits, chaque petit ayant atteint son entier développement en moins de quinze jours et pouvant se reproduire à son tour, il en résulte qu'à la fin de la belle saison un seul de ces pucerons aurait une descendance qui dépasserait cent milliards d'individus.

Un savant a calculé que, serrés les uns contre les autres, comme ils le sont sur les végétaux dont ils sucent les sucs, ils couvrirait une partie de la France, et qu'en travaillant dix heures par jour il faudrait dix mille ans pour les compter.

Tu comprends que cette vermine aurait bientôt envahi la surface de la terre, si d'autres insectes et les petits oiseaux n'en faisaient leur pâture.

Les pucerons ne touchent pas au blé.

Les grands destructeurs de céréales se trouvent parmi les coléoptères : ce sont le charançon, que je viens de te citer.

Cet insecte, qu'on appelle aussi calandre, a presque un demi-centimètre de longueur. Son corps est dur et comme cuirassé ; sa tête se termine par une espèce de trompe qui lui sert à percer l'enveloppe du grain. Ce n'est pas pour le manger que le charançon perce la peau du blé; c'est pour y déposer un œuf. Au bout de quelques jours, il sort de cet œuf une larve ou petit ver, qui tout aussitôt se glisse dans l'intérieur du grain. Bien installé dans cette demeure, qui lui sert à la fois de logement et de garde-manger, la larve attaque et dévore la partie farineuse. Après quelques semaines de ce régime, il ne reste plus rien que la pelure du grain de blé. L'insecte, devenu beaucoup plus gros, ne quitte pas pour cela son logis : il y reste pour accomplir sa métamorphose ; il y devient nymphe, puis insecte parfait, c'est-à-dire charançon.

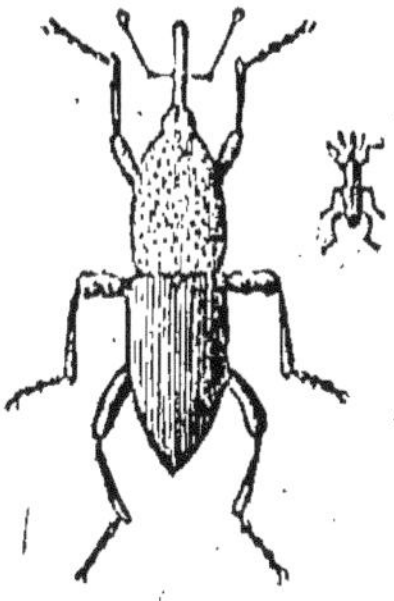

Charançon.

Quand cette transformation s'est accomplie, le jeune charançon sort de son berceau et va déposer à son tour un œuf sur un grain de blé.

La larve ne touchant jamais à l'enveloppe du grain qu'il l'a nourrie, il en résulte qu'il est impossible de savoir si les grains sont remplis de farine, ou s'ils ne contiennent que des charançons, ou s'ils sont vides. Beaucoup de cultivateurs se trouvent ainsi déçus ; ils croient posséder une masse de blé considérable, et bien souvent la moitié des grains sont creux.

— Comment les fermiers font-ils pour empêcher ces insectes de dévorer le blé?

Ils emploient beaucoup de moyens dont le plus facile et le plus usité consiste à remuer très souvent les tas de grains. Les insectes quittent le blé des fermiers actifs qui les dérangent et gagnent les greniers des fermiers indolents, qui les laissent tranquilles.

Un ravageur plus petit encore et appartenant à un autre ordre d'insectes, aide le charançon dans son œuvre de destruction.

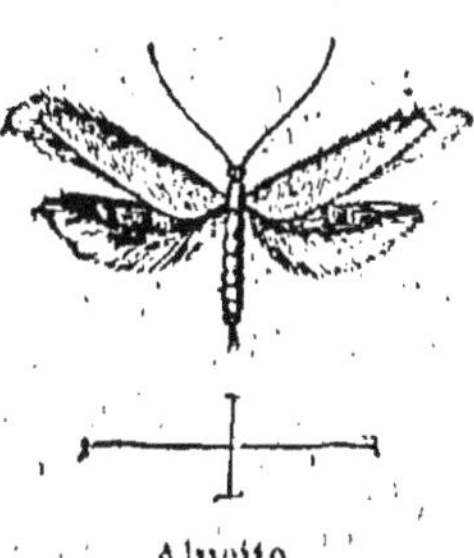

Alucite.

Cet insecte n'est pas cuirassé et ne porte pas de trompe : c'est une espèce de papillon si fragile et si mince qu'on pourrait en écraser des milliers avec le bout du doigt. Ce papillon minuscule s'appelle alucite.

Ce n'est pas lui non plus qui dévore le blé : c'est sa larve. De même que le charançon, l'alucite va pondre sur le blé. Elle dépose ses œufs un à un à la base de chaque grain, lorsque ces grains ne sont pas tout à fait mûrs, c'est-à-dire quand la récolte est encore sur pied.

La larve de l'alucite se conduit absolument comme celle du charançon : elle dévore toute la farine sans toucher à l'enveloppe, de manière qu'on ne s'aperçoit de sa présence que lorsque le mal est fait.

Quand cette vermine est abondante, elle cause des ravages effrayants dans les meules de blé.

Bien souvent, le cultivateur ne voit sortir du tarare que de la menue paille au lieu de bon grain, et c'est par millions de francs qu'il faut compter les pertes que ce frêle petit insecte fait subir à l'agriculture.

Il y a encore bien d'autres insectes qui vivent à nos dépens ; mais ce sont les charançons et les alucites qui sont les plus terribles dévastateurs des céréales.

Poursuivons notre route.

III

— Je sais comment on bat le blé et pourquoi on le vanne; mais je ne sais toujours pas de quelle manière s'obtient le pain, fit observer le petit garçon.

— Patience, tu le sauras bientôt. Suivons cet âne qui porte un sac de blé : tu devines sans doute vers quel lieu il se dirige, de son pas grave et mesuré?

— Non, papa, je ne devine pas.

— Il se rend dans ce moulin à vent, que tu vois là-bas : marchons un peu plus vite, nous arriverons avant lui.

En quelques minutes, le père et le fils se trouvèrent devant un gentil moulin, situé à mi-côte.

Ils n'eurent pas besoin d'attendre la charge

de l'âne pour voir moudre le blé, car le moulin était en pleine activité et faisait entendre son régulier tic-tac.

Le meunier, tout de blanc vêtu et enfariné jusqu'au bout du nez, regardait tourner les ailes de son moulin.

Après avoir échangé quelques paroles avec M. Rémond, cet homme s'empara de la main du petit garçon et le conduisit dans l'intérieur de l'établissement.

— Voyez-vous ces énormes pierres rondes qui tournent sur une plate-forme, lui dit-il? Ce sont des meules. Elles servent à broyer le blé et à le réduire en poudre. Ces meules sont mises en mouvement soit par la force de l'eau, soit par la force de la vapeur ou du vent.

Lorsque le blé est suffisamment écrasé, il passe dans ces tamis à huit pans, qui tournent sur eux-mêmes; leurs fonctions consistent à séparer la poudre de blé — qui prend alors le nom de farine — de la fine

Moulin à vent.

pelure qui se trouve collée sur le grain, comme la peau sur la chair.

2

Cette pelure, trop grosse pour passer à travers les tissus dont ces tamis sont recouverts, va tomber dans un sac préparé à cet effet et

Moulin à eau.

forme la substance connue sous le nom de son.

Ces tamis, appelés blutoirs, portent des mailles plus ou moins serrées et donnent conséquemment une farine plus ou moins blanche, car plus la farine est fine, plus elle est blanche.

— A quoi sert le son? demanda l'enfant.

— Il sert à beaucoup d'usages. Il entre pour une certaine partie dans la fabrication du pain bis; on le mêle à la nourriture des bestiaux, des porcs, des chevaux, des volailles, etc.; mélangé avec des résidus de mouture, on en fait un pain grossier pour les chiens.

Le son est aussi employé en médecine, et quantité de malades prennent des bains à l'eau de son. Il paraît que le son donne de la souplesse à la flanelle et aux foulards de soie, car les ménagères ne manquent jamais, après le savonnage, de plonger ces étoffes dans l'eau de son.

Les bimbelotiers rembourrent les pelotes et

les poupees avec du son. Les layetiers le font servir à l'emballage des objets fragiles.

Pour en revenir à notre mouture, je vous dirai qu'outre le blé ou froment, qui est la meilleure des céréales, on fait de la farine avec du seigle, de l'orge, de l'avoine, du sarrasin ou blé noir, du sorgho, du maïs et du millet.

La farine du blé est la plus nutritive de toutes, et la première qualité de cette farine s'appelle gruau.

Elle exige une mouture particulière.

C'est avec de la farine de gruau très blanche que l'on fait l'excellent pain connu sous le nom de pain de gruau.

Justement, vous avez de cette fleur de farine sous les yeux.

— Je vois bien cette farine, mais je ne vois toujours pas de pain, dit l'enfant.

— C'est facile de vous contenter, répondit le meunier, vous n'avez qu'à vous rendre chez mon voisin le boulanger ; il travaille précisément à cette heure : je vais le prévenir.

IV

Quelques instants après, Julien et son père se trouvaient dans l'arrière-boutique d'un boulanger.

— Ah ! ah ! s'écria l'ouvrier, gros homme à face réjouie, vous désirez apprendre le métier, mon petit ami, approchez et regardez comment j'opère.

Dans ce long coffre de bois, qui porte le nom de pétrin, je délaye de la farine avec de l'eau et j'en fais une pâte épaisse que je bats de toute la force de mes bras, afin de bien effectuer le mélange.

2.

Je joins à ce mélange un peu de pâte aigrie, appelée levain.

Cette pâte aigrie a la propriété d'exciter la fermentation de la pâte fraîche et de la gonfler, ce qui lui donne, lorsqu'elle est cuite, la consistance spongieuse que vous lui connaissez. Si je ne faisais pas fermenter la pâte, elle ne lèverait pas, et après la cuisson mon pain n'aurait pas d'yeux; il serait compacte comme du bois, ou pareil au pain que les Israélites mangent pendant toute la durée de la pâque.

Les Israélites ont soin de donner à ce pain sans levain la forme d'une mince galette, afin de pouvoir le manger sans se casser les dents.

Les petits fours, qui ressemblent à des rondelles et qu'on mange avec le thé, se font également de cette manière, seulement on ajoute à la pâte du sucre et des aromates.

Lorsque la pâte qui sert de levain me fait défaut, je me procure de l'écume qui sort

Le boulanger.

par la bonde des barils, quand la bière fermente.

Cette écume, appelée levure, possède les mêmes propriétés que la pâte aigre.

La pâte étant bien pétrie et ayant la consistance voulue, je lui donne la forme qui plaît à mes clients; je la place dans des corbeilles ou dans des moules; je la laisse fermenter pendant une heure ou deux; après quoi, je l'introduis dans ce four chauffé à blanc.

Après un temps qui varie suivant l'épaisseur des pâtons, — on appelle ainsi la pâte divisée, — je la retire, dorée et cuite à point, et je la vends sous le nom de miches de pain : ce n'est pas plus difficile que ça.

— Il y a plusieurs sortes de pain, dit l'enfant; j'en ai mangé qui était presque noir.

— C'était sans doute du pain de seigle. Non seulement on peut fabriquer du pain avec toutes les céréales, mais encore avec la plupart des légumes secs. Ainsi, dans les pays où le blé est rare, on fait du pain avec le riz, la pomme de terre, le maïs, le gland, la châtaigne, le haricot, la citrouille jointe à la fève, etc. Quelquefois on mélange ces différentes substances farineuses suivant les ressources du pays ou le goût des gens. Tous ces pains sont plus ou moins indigestes; aucun ne vaut le pain de pur froment que vous mangez à chaque repas et dont voici des échantillons.

Maintenant que je vous ai fait connaître les secrets du métier, il ne me reste plus qu'à vous faire goûter mes produits, termina l'ouvrier en offrant une petite brioche à son jeune visiteur.

Julien remercia le joyeux artisan et s'éloigna.

V

— Il est fort bon ce gâteau, dit le petit garçon en croquant sa friandise : les gâteaux se font donc avec de la farine ?

— Sans doute, lui répondit son père, la pâtisserie n'est autre chose que de la farine dans laquelle on introduit soit des œufs, soit du beurre, du sucre, des amandes, etc., suivant le genre de gâteaux qu'on veut obtenir.

Les crêpes, les biscuits, les beignets se font également avec de la farine, ainsi que les pâtes alimentaires, telles que les nouilles, le vermicelle, le macaroni, etc.

— Le macaroni, le vermicelle et les nouilles se font avec de la pâte ! s'écria Julien tout surpris.

— Sans doute. Le macaroni se fait avec

de la pâte de farine fine à laquelle on donne la forme de petits tubes creux de la grosseur d'un crayon et de la longueur de ton bras; on mêle à cette pâte du fromage de Gruyère ou du fromage de Parmesan.

On fait sécher ces tubes dans des étuves, et, lorsqu'ils sont secs, ils peuvent se conserver indéfiniment.

On mange le macaroni avec de la viande en guise de légumes, ou bien on le prépare comme un mets ordinaire.

Le meilleur macaroni se faisait autrefois en Italie; aujourd'hui, le macaroni d'Auvergne est préféré.

Les nouilles se font avec de la farine et des œufs; on découpe la pâte en bandelettes fines, que l'on fait également sécher quand on veut les conserver. On mange les nouilles de bien des manières. C'est un mets très nourrissant, qui est fort goûté des Alsaciens.

Dans le Bas et le Haut-Rhin, presque toutes les ménagères confectionnent elles-mêmes les nouilles, qu'elles ne font pas sécher et qu'elles servent toutes préparées au moment de se mettre à table.

Le vermicelle se fait avec de la pâte de farine non fermentée que l'on découpe mécaniquement en fils déliés et très longs auxquels on donne la forme de boucles et d'anneaux.

Le vermicelle ne se mange qu'avec le potage.

La fabrication des pâtes alimentaires est devenue fort importante dans notre pays, et cette branche d'industrie, dont l'Italie avait le monopole, se rencontre aujourd'hui dans presque toutes nos grandes villes.

— Que je suis donc satisfait de savoir comment se fabrique le pain ! s'écria Julien ; cette opération, dont je n'avais pas idée, me paraît fort simple.

La pâtisserie de famille.

— Elle est fort simple, en effet, et la plupart des habitants de la campagne sont leurs propres boulangers.

Au village, la cuisson du pain est même une petite fête de famille, car les mamans, qui en tous pays gâtent un peu leurs enfants, profitent de l'occasion pour confectionner de solides pâtisseries.

La part du pauvre.

Ce jour-là, quand un malheureux frappe à la porte, il est certain de goûter de bonnes choses parce que les mamans, avant de faire la distribution de leurs gâteaux, prélèvent toujours la part du pauvre.

Cette pieuse coutume s'est conservée dans beaucoup de villages d'Alsace et de Lorraine, ainsi qu'en Bretagne.

VI

Le petit garçon, s'arrêtant, dit à son père :

— Quelle voix perçante ont les cigales ! leur chant m'empêche de vous entendre : ce sont elles, bien sûr, qui, avec tant d'autres, dévorent les grains de blé.

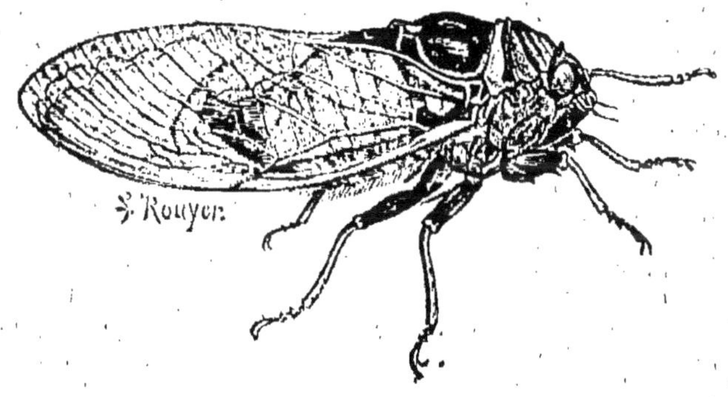

Cigale.

— Tu les accuses injustement : les cigales ne se nourrissent que de matières molles, leur bouche étant faite pour sucer les aliments et non pour les mâcher. Je t'apprendrai, en outre, que les cigales ne chantent point, par l'excellente raison qu'elles sont privées de voix. Le bruit strident qu'elles font entendre provient d'une membrane sèche qu'elles portent sous leur corselet et qu'elles font vibrer comme un tambour de Basque.

— J'en tiens une, s'écria Julien, en montrant à son père un insecte qu'il venait de saisir par les ailes.

— Cette bestiole n'est pas une cigale ; elle n'appartient même pas à sa parenté. C'est la grande sauterelle verte, si commune dans nos régions.

Beaucoup de personnes se trompent ainsi que toi et confondent ces deux insectes, qui sont pourtant bien dissemblables.

La cigale appartient à l'ordre des hémiptères qui ont tous un bec replié en dessous, droit et non recourbé en spirale comme la trompe du papillon; avec ce bec, appelé rostre ou suçoir, la cigale pique des arbres et se nourrit de leur sève; la cigale est de couleur grise; elle a le corps presque ovale, la tête peu apparente est presque soudée au thorax.

Criquet.

La sauterelle appartient à l'ordre des orthoptères, les plus gros mangeurs de la classe des insectes, elle a le corps très allongé, la tête bien visible et séparée du thorax; son ventre, — qui a lui seul forme les trois quarts de sa personne — et ses deux grandes pattes postérieures qui lui permettent de faire des sauts considérables la rendent tout à fait différente de la cigale.

Ces deux insectes ne subissent que des demi-métamorphoses ; ils n'ont de commun que le bruissement aigu qu'ils produisent durant les chaudes journées d'été; d'ailleurs, à part les environs de Fontainebleau, on ne rencontre guère de cigales que dans le Midi.

— Les sauterelles vertes mangent-elles le blé ?

— Elles ne mangent pas le blé en grains, mais elles mangeraient fort bien le blé en herbe si, à l'époque de leur naissance, cette herbe n'était pas déjà en tige et si les sauterelles ne trouvaient en abondance des végétaux plus tendres à dévorer.

Une espèce de sauterelles, connue sous le nom de criquets, s'est rendue fameuse par les ravages qu'elle exerce en Orient.

Ces criquets se rassemblent et émigrent à des époques indéterminées.

— Que signifie le mot émigrer? demanda Julien.

— Emigrer veut dire quitter son pays pour aller vivre dans un autre.

Les criquets, lorsqu'ils émigrent, voyagent en nombre si considérable que leurs légions obscurcit la lumière du soleil, comme le pourrait faire un gros nuage. On raconte que l'armée de Charles XII battant en retraite, après sa défaite de Pultawa, se vit arrêtée dans un défilé par des criquets, les hommes et les chevaux étaient aveuglés par une grêle vivante sortie d'un épais nuage qui interceptait la lumière. L'arrivée de ces criquets fut annoncée par un bruit semblable au sifflement de la tempête, et lorsqu'ils se précipitèrent sur les malheureux soldats ils produisirent un tumulte indescriptible.

Lorsque ces dévastateurs s'abattent sur une contrée, ils la dépouillent entièrement de sa verdure et la rendent presque nue.

Les criquets n'exercent pas seulement leurs ravages dans les pays chauds; ils quittent parfois la Barbarie et l'Arabie, leurs lieux de naissance, et vont porter la ruine et la désolation jusqu'en Europe.

— Les méchants criquets! s'écria l'enfant.

— Pourquoi méchants? ne faut-il pas qu'ils vivent?

Est-ce leur faute si la nature leur a donné un si grand appétit et les moyens de le satisfaire?

Es-tu méchant parce que tu manges des

côtelettes de mouton, du civet de lièvre et de la fricassée de poulet? En ce monde, la plupart des animaux vivent aux dépens les uns des autres, et chacun se défend de son mieux.

— Mais comment se défendre contre des ennemis aussi nombreux que les criquets? demanda le petit garçon.

— Si les criquets sont nombreux, ils ont aussi pour les combattre de nombreux adversaires.

Les porcs, les grenouilles, les lézards, les oiseaux, etc., en font d'effroyables carnages.

Les criquets eux-mêmes se livrent des batailles acharnées.

Les peuples de l'Orient les ramassent et les mangent; ils en font d'abondantes provisions, qu'ils conservent précieusement pour parer aux époques de disette.

Des causes atmosphériques contribuent

aussi à leur destruction. Une pluie froide peut en faire périr des millions en un instant; une tempête peut jeter, d'un seul coup, leurs cohortes dans la mer. Quand rien ne leur fait obstacle, il faut bien les subir. Alors, malheur à la contrée qu'ils visitent. Notre colonie d'Afrique en sait quelque chose. Maintes fois déjà, les criquets ont porté la famine chez nos malheureux Arabes.

Des savants ont proposé divers moyens pour détruire cette engeance; mais jusqu'à présent aucun de ces moyens n'a donné de résultats satisfaisants. On finira par en découvrir un. Le génie de l'homme n'est pas limité, et la science fait chaque jour des progrès remarquables.

VII

Tout en devisant de la sorte, le père et le fils s'étaient rapprochés de la ville.

En traversant le faubourg, M. Rémond s'arrêta devant une espèce de hangar couvert de chaume, sous lequel plusieurs ouvriers travaillaient avec activité.

— Reconnais-tu les tiges qui portent l'épi de blé? demanda-t-il au petit garçon.

— Oui, papa; maintenant ce n'est plus que de la paille.

— C'est, en effet, le nom qu'on donne au chaume desséché de toutes les céréales.

Cette paille, comme tu peux le voir, sert à garnir des chaises, à tresser des nattes, des paillassons et à fabriquer des chapeaux légers.

Dans beaucoup de pays, on l'emploie pour couvrir des constructions rustiques, qui pour ce motif sont appelées chaumières.

— La paille ne sert pas seulement à couvrir la maison du pauvre, ajouta le maître ouvrier, elle sert aussi à garnir son lit.

La paille fournit encore une nourriture saine et une litière agréable aux animaux domestiques.

En Italie, on confectionne avec une certaine paille des boîtes, des étuis, des encadrements, des mosaïques et une foule de jolis objets d'art et de fantaisie.

Avec de la paille tordue et de la terre grasse, on obtient le mortier connu sous le nom de torchis, lequel sert à bâtir des écuries, des granges et même des maisons d'habitation.

La paille est également fort utile aux layetiers; ils en entourent les meubles, ils en garnissent les caisses, et j'ai entendu dire que certains fabricants la font entrer en forte partie dans la composition de la pâte qui sert à confectionner le papier d'emballage et le carton grossier.

Quand la paille est tout à fait hors de service

Le nattage de la paille.

et jetée aux ordures, elle donne un excellent engrais, fort recherché des horticulteurs.

— Comme on tire partie de tout ! fit remarquer l'enfant en suivant son papa.

— Tout ce qui existe a son utilité, répondit ce dernier. Le créateur nous a donné le moyen de vivre heureux durant notre court passage dans ce monde ; mais il a voulu aussi que l'homme arrivât au bonheur par son travail et son intelligence.

— Pourquoi a-t-il créé de méchants insectes qui détruisent le blé ? questionna le petit garçon.

— Peut-être pour notre bien. Si l'homme n'avait pas d'ennemis à combattre, s'il obtenait sans peine ce qui est nécessaire à son existence, il croupirait bientôt dans la paresse, l'ignorance et la malpropreté. Le besoin l'oblige à développer ses facultés intellectuelles et à faire usage de ses doigts si bien articulés.

Tu es encore trop jeune pour me comprendre ; retiens seulement ces paroles, dont plus tard tu reconnaîtras la vérité :

« L'obligation du travail est une loi divine. »

« Sans le travail l'homme serait la plus malheureuse des créatures. »

VIII

— Nous voici proche de chez nous. C'est dans cette boutique qu'on repasse les manchettes de mes sœurs.

— Regarde opérer ces blanchisseuses. Elles empèsent des robes de mousseline d'une finesse extrême, dont six mètres tiendraient dans le creux de la main. Pour donner de la consistance à ces légers tissus, elles font usage d'un apprêt nommé amidon.

L'amidon est un produit du blé ; il s'obtient

sans mouture, à l'aide de procédés chimiques.

Dans les fabriques d'indiennes, on fait grande consommation de cet empois, qui d'ailleurs se rencontre dans beaucoup d'autres végétaux.

— Je connais cette substance, dit Julien en riant.

Un jour, Madeleine, notre bonne, avait broyé de l'amidon sur une assiette; croyant que c'était du sucre, j'ai goûté de cette poudre et j'ai été bien attrapé : ce n'était pas bon du tout.

— Ta gourmandise pouvait être cruellement punie; il y a des substances blanches fort dangereuses, notamment le blanc de plomb et le blanc de zinc. Si tu avais le malheur d'absorber une de ces matières, tu périrais empoisonné.

— Heureusement que les poisons sont rares, dit l'enfant.

L'amidon

— Moins que tu ne le supposes : plusieurs

métaux recèlent des poisons très actifs, et quantité de plantes sont vénéneuses.

— Comment faire pour les éviter? demanda Julien.

— En ne mangeant rien à l'insu de ses parents et en ne portant jamais de fleurs entre ses dents, comme le font certains enfants mal élevés.

— Il y a donc des fleurs empoisonnées?

— Un assez grand nombre ; je t'apprendrai à les connaître dans une de nos prochaines excursions ; en attendant, je vais t'indiquer le nom de celles qui séduisent les enfants à cause de leur forme et de leur couleur agréables.

La BELLADONE, jolie plante rameuse, garnie de larges feuilles ovales non découpées.

Elle porte une fleur rougeâtre en forme

de clochette ; son fruit, ou baie, d'un noir violet, ressemble assez à la cerise.

La DIGITALE, grande plante aussi haute qu'un homme et disposée en quenouille.

Belladone.

Cette plante, que l'on cultive dans nos jardins, porte des fleurs rouges tigrées à l'intérieur de taches blanches et pourpres. — Ces fleurs ont aussi la forme d'une clochette ou plutôt d'un doigt de gant.

L'ARUM, ou PIED-DE-VEAU, est une plante

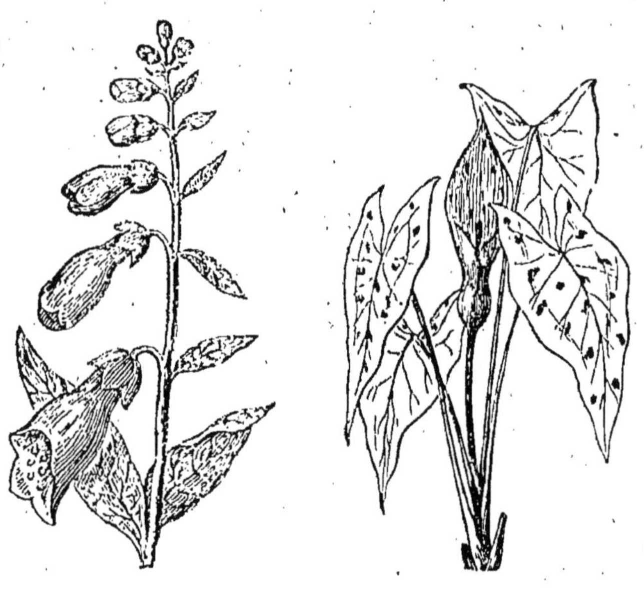

Digitale. Arum.

dont les feuilles ressemblent au fer d'une lance et dont la fleur est entourée d'une enveloppe verte en forme d'oreille d'âne.

L'ACONIT, belle plante, que l'on cultive

dans nos jardins, malgré la violence de son poison, porte des fleurs jaunes ou bleues en forme de casque et disposées en pyramides.

L'Aconit.

Le LAURIER-CERISE, arbrisseau à larges feuilles luisantes et vivaces, produit des fruits violacés assez semblables aux cerises appelées guignes.

La PARISETTE A QUATRE FEUILLES, plus connue sous le nom de RAISIN DE RENARD, est une plante qui porte à l'extrémité de sa tige un fruit noirâtre dont il faut se méfier.

Le laurier-cerise.

Le BOIS GENTIL, petit arbrisseau aussi joli que perfide. Ses fruits, ou baies, de couleur jaune carminé, ont un aspect des plus séduisants.

La MORELLE GRIMPANTE, OU VIGNE DE JUDÉE,

qu'on rencontre partout appuyée sur les haies, est une plante rameuse qui produit une charmante petite baie un peu allongée et de couleur rouge.

La Ciguë.

Le colchique, fleur d'automne, que l'on trouve en abondance dans les prairies humides.

Cette fleur, qui n'a ni feuilles ni tige, est bien connue sous le nom de VEILLEUSE.

Je ne te parle pas des autres plantes nuisibles, qui n'ont aucun attrait et que rien ne nous invite à toucher; cependant je te signalerai la CIGUË, à cause de sa ressemblance avec le persil et le cerfeuil. Cette plante est d'autant plus dangereuse qu'elle pousse dans le voisinage des haies et qu'elle a déjà occasionné de fatales méprises.

— Voyez donc, papa, le beau papier doré que ces ouvriers posent dans le magasin de notre voisin.

— La colle dont ces ouvriers font usage est faite avec de la farine délayée dans l'eau et cuite à petit feu.

Cette colle de pâte est également employée par les relieurs, les cartonniers et beaucoup d'autres industriels.

A présent, tu connais les principaux emplois du blé. C'est assez pour aujourd'hui :

La colle de pâte.

rentrons à la maison, tu dois être fatigué.

— Je suis si enchanté de ma promenade,

que je ne sens pas la fatigue, répondit le petit garçon en souriant à son père, et je me réjouis de raconter à maman tout ce que je viens d'apprendre.

— Que lui diras-tu ?

— Je lui dirai :

Le blé germe dans la terre et porte à l'extrémité de sa tige un épi qui contient de trente à cinquante grains.

Le blé, écrasé sous la meule, produit une poudre blanche qu'on appelle farine, avec laquelle on fait du pain et toutes sortes de pâtisseries.

Avec de la farine, on fait encore des pâtes alimentaires, de l'amidon et de la colle.

La paille de blé sert à confectionner des abris, des nattes, des chapeaux et à garnir des chaises.

Je lui dirai aussi que les enfants ne doivent jamais rien manger en cachette de leurs parents et j'ajouterai :

Tout a son utilité sur la terre. Dieu livre à l'homme les trésors qu'elle renferme, à la condition de les mériter par le travail, et je terminerai en disant :

Le travail est une loi divine : sans le travail, l'homme serait la plus malheureuse des créatures.

LA FERME

On s'amusait beaucoup dans cette partie de campagne.

Les parents visitaient les granges et les étables de la ferme, tandis que les enfants couraient sur la pelouse et jouaient à cache-cache dans les vergers.

Le ciel était sans nuages; les oiseaux chantaient dans les arbres, et les fleurs s'épanouissaient sous les chauds rayons du soleil.

C'était vraiment une délicieuse journée, et les parents avaient été bien inspirés de choisir ce jour-là pour visiter leur maison des champs.

A quatre heures, Marceline, la fermière, appela les enfants : le goûter était servi.

La troupe joyeuse accourut comme des poulets auxquels on crie : Petits! petits! et s'installa dans la salle basse, autour d'une table garnie de fruits et de laitage.

— Mes enfants, dit Marceline, vous avez le droit de vous régaler en toute liberté et de choisir ce qui vous convient le mieux.

— Je désire du lait, s'écria la grande Berthe.

— Moi, de la crème, fit Louisette.

— Je préfère le beurre, déclara Victor.

— Le fromage est bien meilleur, assura Jules.

— Et moi, je veux de tout, dit le petit René.

Chacun fut servi d'après son goût, et chacun croqua à belles dents le pain bis, le fromage et le reste.

Pendant cette scène, le père de la fermière, beau vieillard à cheveux blancs, regardait ce petit monde avec un bon sourire.

— Le laitage est une excellente chose, n'est-il pas vrai, mes enfants! leur dit-il, et les animaux qui le procurent ont droit à notre bienveillance.

— J'aime les vaches... mais de loin : elles me font peur, répondit Berthe, la plus âgée de la société.

— Les taureaux sont méchants, affirma Victor

— Les vaches ont de trop grandes cornes, termina Louisette.

— Vous vous montrez bien sévères à l'endroit de ces pauvres bêtes, répliqua le vieux fermier. Ce ne sont pas des animaux d'agrément, tels que le singe ou le perroquet, j'en conviens, mais ils rendent tant de services, ils sont tellement utiles, qu'il faut excuser leur peu d'amabilité. Sans eux, vous ne seriez probablement pas ici.

— Pourquoi ne serions-nous pas ici? questionna le petit René.

— Parce que vous n'auriez pas aux pieds ces solides chaussures qui vous permettent de braver les mauvais chemins.

— Est-ce que ce sont les bœufs qui les font? demanda le petit espiègle en riant.

— Non, mais ce sont eux qui fournissent la matière avec laquelle elles sont faites : si le cordonnier n'avait pas de cuir pour les fabriquer, vous seriez obligés de marcher sur des

semelles de cordes ou de bois, comme les plus pauvres montagnards des Alpes et des Pyrénées.

— Voilà ce dont je ne me doutais guère, fit René.

— Ni moi non plus, ajouta sa petite sœur.

— Ah ! mes enfants, poursuivit le vieillard, le bœuf fournit encore bien d'autres choses : on tire parti de son individu tout entier, et l'on peut affirmer que rien, absolument rien, de sa personne n'est inutile.

— Je serais curieuse de savoir ce qu'on peut faire de ses vilaines cornes? dit Louisette.

— Je vais vous l'apprendre, ma jeune demoiselle, répliqua le fermier ; mais auparavant je dois vous parler des services que cet animal nous rend pendant sa vie.

Le bœuf, quoique d'allure assez lente, est extrêmement robuste et peut traîner de lourds fardeaux. Comme sa plus grande force réside dans sa tête, c'est par là qu'on l'attelle, à l'aide d'une pièce de bois appelée joug. Ce joug est maintenu sur le front de la bête par des courroies qu'on enroule autour de ses cornes. Ainsi attaché, le bœuf tire la charrue qui retourne la terre à laquelle on confie le grain de blé; il ramène les récoltes des champs, transporte hors des forêts les arbres coupés, sort des carrières les blocs de pierre qui servent à bâtir les maisons; enfin, il amène au marché les provisions de toutes sortes.

Tous les bœufs ne travaillent pas; beaucoup sont destinés à notre alimentation.

Lorsque ces derniers sont suffisamment gras, ils sont conduits à l'abattoir et livrés au boucher.

Celui-ci leur ôte la vie, les dépouille de leur peau, enlève leurs membres, découpe leurs chairs et les envoie dans les boutiques, où elles sont détaillées sous le nom de viande de boucherie.

Vous connaissez cette viande et vous savez combien elle est savoureuse, surtout quand on la sert sous forme de bifteck.

— Ou de filet rôti, ajouta Mlle Berthe, qui tenait à montrer ses connaissances culinaires.

— Vous voyez, mes petits amis, que ce bon ruminant a des droits à votre estime, termina le vieux fermier.

— Pourquoi l'appelez-vous ruminant? demanda la jeune personne; est-ce le nom qu'on lui donne en ce village?

— Dans ce village comme partout ailleurs. Les ruminants forment un groupe d'animaux, que vous apprendrez à connaître lorsque vous étudierez l'histoire naturelle. En attendant, je vais vous dire pourquoi on les appelle ainsi.

N'avez-vous pas remarqué déjà que les vaches étant couchées remuent presque toujours les mâchoires? —

— Si, vraiment : elles ont l'air de mâcher à vide, répondit Jules.

— Elles ne mâchent point à vide, elles mâchent bien réellement.

— Comment cela peut-il se faire, puisqu'elles ne broutent plus?

— Je vais vous l'expliquer.

Le bœuf, comme tous les ruminants, tels que moutons, cerfs, chèvres, etc., possède quatre estomacs qui sont en communication. L'un de ces estomacs sert de magasin et reçoit les aliments, que la bête avale sans trop les mastiquer. Lorsqu'elle est au repos, ces aliments remontent et lui reviennent à la bouche par petites portions, et, cette fois, l'animal les mâche complètement : on appelle cette action ruminer, et de là est venu le nom de ruminant.

— Alors tous les animaux qui mangent de

l'herbe sont des ruminants? fit observer Louisette.

— Gardez-vous de le croire, ma petite amie ; il y a quantité d'animaux qui se nourrissent d'herbage et qui ne ruminent pas, le cheval par exemple. Les animaux qui ruminent forment un des ordres de la classe des mammifères, de même que les carnassiers, les pachydermes, les cétacés, etc.

— Voilà des mots qui sont de l'hébreu pour nous, dit Berthe en riant.

— Si vous le désirez, mes enfants, j'essayerai de vous en indiquer la signification, répliqua le bon vieux.

— Oui, oui, monsieur, parlez-nous des bêtes; nous les aimons bien! s'écria le petit Jules.

— Puisque vous êtes disposés à m'écouter, je vais vous dire quelques mots sur les animaux, pendant que vous savourez votre laitage. Je ne vous parlerai que des mammifères, puisque c'est dans cette classe que se trouve le bœuf, qui nous occupe particulièrement à cette heure.

On appelle mammifères les animaux qui nourrissent leurs petits du lait de leurs mamelles. Cette classe se compose de l'homme et des individus les plus importants du règne animal. Elle nous intéresse plus que toutes les autres, parce qu'elle nous fournit les animaux les plus utiles à nos travaux, à notre industrie et à notre alimentation.

Le nombre des mammifères est considérable, et certaines espèces diffèrent tellement les unes des autres qu'on ne peut les reconnaître que par l'étude : ainsi le lion ne ressemble guère à la chauve-souris, la baleine au singe : tous quatre sont pourtant des mammifères.

Pour éviter la confusion, il a fallu nécessairement grouper les animaux par catégories, d'après la nature de leur conformation ou d'après leur mode d'existence.

De tous les animaux qui vivent sur la surface du globe, les naturalistes ont formé quatre embranchements.

Ces quatre embranchements renferment vingt-cinq classes, et ces classes contiennent chacune un nombre d'ordres plus ou moins considérable. Chaque ordre à son tour est fractionné par division, espèces, genre, sous-genre et famille.

En groupant les animaux de cette manière, on évite toute méprise et l'on arrive à les bien connaître :

On appelle cette méthode classification.

La première des vingt-cinq classes, qui comprend le règne animal, est la classe des mammifères, vous le savez déjà; je vais maintenant vous indiquer le nom des ordres qu'elle renferme, sans m'occuper de leurs subdivisions.

Premièrement. — L'ordre des BIMANES.

C'est notre ordre à nous autres, hommes, femmes et enfants; il ne comprend qu'un genre, le genre humain.

— Comment! nous sommes des animaux! s'écria Berthe scandalisée.

— Certainement, ma jeune demoiselle; nous naissons, nous vivons, nous mourons, ni plus ni moins que les autres animaux. Ce qui fait de nous des êtres privilégiés, c'est que nous possédons la parole et la raison, dont les autres animaux sont privés. C'est que nous seuls jouissons d'une intelligence immortelle et que nous sommes appelés à reconnaître un Dieu et à admirer ses œuvres. Les naturalistes, tenant compte de cette supériorité, placent l'homme à la tête du règne animal et lui donnent la qualification d'animal raisonnable.

Deuxièmement. — L'ordre des QUADRUMANES.

Cet ordre comprend les animaux qui par leur conformation se rapprochent le plus de nous.

— Ce sont les singes, dit Louisette.

— Oui, ce sont les singes de toutes espèces et de tous genres; le nombre en est assez considérable.

Troisièmement. — L'ordre des CARNASSIERS.

On désigne ainsi les animaux qui ne vivent que de chair, tels que le lion, le tigre, l'hyène, la fouine, etc. Les carnassiers sont pourvus de griffes aiguës et de dents puissantes qui les rendent extrêmement redoutables.

Quatrièmement. — L'ordre des INSECTIVORES.

Les animaux de cet ordre se nourrissent principalement d'insectes ; ils sont peu nombreux : les taupes et les hérissons appartiennent à ce groupe.

Cinquièmement. — L'ordre des RONGEURS.

Les rongeurs sont assez nombreux, et vous en connaissez plusieurs : le rat, la souris, le lapin, la marmotte, l'écureuil et beaucoup d'autres.

Sixièmement. — L'ordre des CHÉIROPTÈRES.

Ce mot, qui signifie main ailée, comprend les animaux qui ont un repli de peau qui s'étend jusqu'aux doigts et qui leur permet de voltiger dans les airs. Les chauves-souris appartiennent à cet ordre.

Septièmement. — L'ordre des AMPHIBIES.

Les amphibies peuvent vivre sur terre et dans l'eau; mais, comme ils n'ont pas de membres propres à la marche, ils ne peuvent que se traîner sur le sol et sont obligés de vivre presque toujours dans l'eau. Si vous avez été au Jardin d'acclimatation, vous avez dû voir plusieurs de ces animaux plongeant dans le bassin et mangeant des poissons.

Les phoques et les otaries sont des amphibies.

Huitièmement. — L'ordre des Edentés.

De ces animaux, vous n'avez pas dû en voir beaucoup, car ils appartiennent aux pays chauds. Dans cet ordre, il y a des individus très singuliers : les uns sont couverts de poils épineux, d'autres d'écailles mobiles; certains sont protégés par une carapace articulée, d'autres encore ont des mâchoires absolument semblables au bec du canard.

On appelle ces animaux édentés parce que plusieurs dents leur manquent ou qu'ils n'en ont pas du tout, tels sont : les pangolins, les fourmiliers, etc.

Neuvièmement. — L'ordre de MARSUPIAUX.

Cet ordre comprend les sarigues, les kanguroos et généralement les mammifères qui ont une poche sous le ventre destinée à contenir leurs petits pendant les premiers temps de leur naissance et longtemps encore après.

Ces animaux sont presque tous originaires de la Nouvelle-Hollande.

Dixièmement. — L'ordre des CÉTACÉS.

Les cétacés vivent toujours dans l'eau ; ils ont plutôt la forme de poissons que celle de mammifères ordinaires ; c'est pourquoi beaucoup de personnes les confondent avec les poissons. C'est parmi les cétacés que se trouve le géant de la création, le plus gigantesque des animaux terrestres et marins, a baleine.

— J'ai beaucoup entendu parler de la baleine, dit Victor ; mais jamais je n'ai vu ce gros poisson.

Berthe mit le doigt sur ses lèvres pour inviter le petit garçon à ne pas interrompre le narrateur.

— La baleine, reprit celui-ci, n'est pas un poisson, pas plus que le marsouin, le cachalot, etc. Ces animaux, malgré leur forme de poissons, n'appartiennent pas moins à la classe des mammifères, puisqu'ils allaitent leurs petits ; il en est de même des dugongs et des lamentins, autres cétacés herbivores.

Onzièmement. — L'ordre des PACHYDERMES.

Les animaux qui composent cet ordre sont remarquables par l'épaisseur de leur peau.

C'est dans cet ordre que se trouvent les plus gros animaux terrestres : l'éléphant, le rhinocéros, l'hippopotame, le tapir, le cheval, etc. Les pachydermes se nourrissent de végétaux; mais ils ne ruminent pas, il n'y a que les animaux dont je vais vous entretenir qui possèdent la faculté de remâcher leurs aliments; je les ai réservés pour terminer la nomenclature de la classe des mammifères.

Douzièmement. — L'ordre des RUMINANTS.

Les ruminants, vous le savez déjà, se distinguent des autres mammifères par l'existence de quatre estomacs disposés pour la rumination; ils sont essentiellement herbivores. Comme ils ne font que tondre l'herbe en la broutant, ils n'ont pas besoin d'avoir de dents sur le devant de la mâchoire supérieure ; aussi n'en ont-ils pas. Les ruminants ont tous le pied fourchu, et c'est seulement parmi eux qu'on rencontre des espèces dont le front est orné de cornes soutenues par un os intérieur. Certains ruminants n'ont que des cornes rudimentaires et recouvertes par la peau : telle est la girafe. D'autres sont entièrement dépourvus de cornes : tels sont les chameaux, les dromadaires, les lamas. Cette particularité a fait diviser cet ordre en deux genres distincts : les RUMINANTS A CORNES et les RUMINANTS SANS CORNES.

Les principaux individus appartenant au premier genre sont : le bœuf, le mouton, la chèvre, le cerf et la nombreuse famille des antilopes.

L'autre genre comprend les chameaux, les lamas.....

— Vous nous avez dit qu'on faisait des

chaussures avec la peau du bœuf, interrompit Victor, que la longue explication du fermier commençait à fatiguer, cette peau n'est donc pas la même partout, car le dessus de nos souliers est mince, tandis que la semelle en est dure et épaisse.

— Entendez-vous ce petit homme qui se permet d'interrompre les personnes qui parlent! dit Berthe avec sévérité et en s'adressant à son jeune frère.

— Lorsque les enfants sont guidés par le désir de s'instruire, ils ont droit d'interroger les gens expérimentés, fit observer le vieillard avec indulgence. Je vais répondre à votre question, mon petit ami.

La peau du bœuf n'est pas employée telle quelle. Avant de passer à l'état de cuir, elle subit plusieurs manipulations : d'abord, elle est mise en fosse avec de l'écorce de chêne moulue, appelée tan. Cette écorce la rend plus forte, plus compacte et l'empêche de se cor-

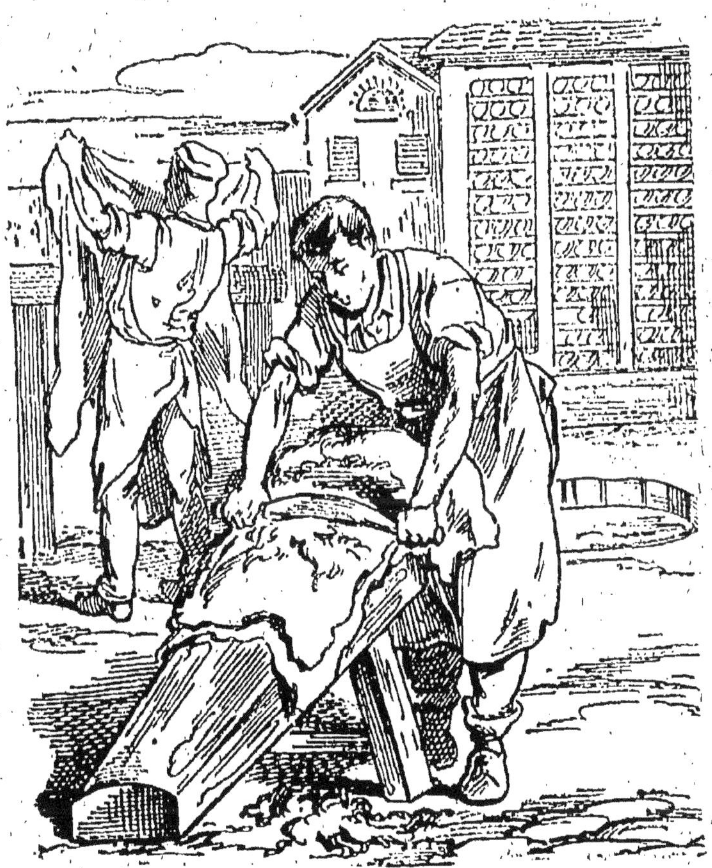

rompre, tout en la rendant impénétrable à l'eau.

Cette opération se fait dans des établissements nommés tanneries, par des ouvriers qui prennent le nom de tanneurs.

Autrefois, on était obligé de laisser séjourner les peaux dans les fosses durant deux années et quelquefois davantage; aujourd'hui, on a trouvé des moyens plus expéditifs pour tanner le cuir; mais l'ancien procédé, paraît-il, est encore le meilleur.

La peau, étant sortie de fosse, est séchée à l'air et devient très dure ; en cet état, on l'appelle cuir en croûte, on la conserve ainsi lorsqu'on veut en faire des semelles.

Quand on veut rendre le cuir souple, on l'enduit d'une épaisse couche d'huile de poisson, connue sous le nom de dégras, et on la triture à l'aide d'un instrument de bois désigné, on ne sait trop pourquoi, sous le vocable de Marguerite.

Les ouvriers qui assouplissent les peaux s'appellent corroyeurs.

Le cuir ainsi préparé est livré au cordonnier, qui en fait de fortes chaussures.

Lorsqu'on veut obtenir des empeignes plus légères, — l'empeigne est le cuir qui couvre le dessus de la chaussure, — on choisit des peaux de jeunes bœufs, c'est-à-dire des peaux de veaux.

Certains cuirs, tels que celui du buffle.....

— Est-ce que le buffle est le même que le bœuf? questionna Jules, encouragé par la bonhomie du vieux fermier.

— Non, mon jeune ami, ce sont des animaux différents, mais ils appartiennent à la même famille : bœufs et buffles sont cousins germains, pourrait-on dire.

Le genre bœuf se divise en plusieurs groupes dont les plus importants sont :

L'Aurochs, le plus gros quadrupède d'Europe. Il se distingue du bœuf domestique par son front bombé, plus large que haut ; par ses cornes, qui sont placées plus bas; par une crinière laineuse, qui chez le mâle couvre la tête et le cou et qui lui forme sous la gorge une espèce de barbe crépue.

Cet animal habitait autrefois toutes les contrées de l'Europe tempérée; aujourd'hui, la race en est presque détruite, et l'on ne trouve plus que de rares individus réfugiés dans les forêts des Carpathes et du Caucase.

Le Bison ressemble beaucoup au précédent, quoiqu'il ait les jambes et la queue plus courtes. Le Bison est un animal puissant et farouche; les parties supérieures de son corps sont extrêmement fortes et ramassées, celles du train de derrière sont beaucoup plus faibles. Sa tête est munie de cornes rondes et courtes dont la pointe est tournée en dehors; il porte sur le garrot une bosse protubérante et une longue crinière onduleuse qui lui couvre le sommet de la tête, les épaules et qui lui descend sous le cou.

Les Bisons vivent en troupes nombreuses dans les plaines de l'Amérique du Nord.

On a maintes fois essayé de réduire le Bison à l'état domestique en l'apprivoisant jeune et en le mêlant avec les bœufs de l'espèce ordinaire; toutes les tentatives de ce genre ont échoué : aussitôt que le Bison prend de l'âge, il devient intraitable, se révolte contre ses maîtres et brise les clôtures les plus solides.

La chasse du Bison est presque l'unique occupation des tribus indépendantes de l'Amérique septentrionale.

Le Yack, qu'on appelle aussi Vache grognante de Tartarie ou Bœuf à queue de cheval, paraît confiné dans les montagnes du Thibet sa patrie. Son corps est couvert de longs poils qui descendent jusqu'à terre. Malgré son naturel farouche, les Chinois sont parvenus à le réduire à la domesticité ; ils s'en servent comme bête de somme et se nourrissent de sa chair.

La queue du Yack est aussi fournie que celle du cheval. Les Orientaux en ornent leurs coiffures.

Cette queue, placée au bout d'une lance et surmontée d'une boule dorée, est l'enseigne caractéristique des pachas ; ils la font porter devant eux lorsqu'ils vont à la guerre. Le nombre de ces insignes indique le degré de puissance de ces seigneurs. C'est pourquoi l'on dit pacha à deux queues, pacha à trois queues.

Le Zébu est une espèce de bœuf bossu qui vit à l'état domestique depuis les temps

les plus reculés chez les peuples de l'Inde et de l'Afrique.

La bosse qu'il porte sur le garrot est un amas de graisse qui varie suivant l'état et la race de l'animal ; quelques-unes ne sont pas plus grosses que les deux poings, d'autres atteignent parfois un développement considérable et pèsent jusqu'à 30 kilogrammes.

C'est la partie la plus délicate de l'animal.

A Madagascar, on trouve des Zébus sans cornes et d'autres dont les cornes semblent soudées à la peau.

Certaines espèces de Zébus ne sont guère plus grands que des veaux de six mois ; en revanche, il n'est pas rare d'en rencontrer qui dépassent la taille de nos plus grands bœufs.

Le Boeuf musqué habite les contrées septentrionales de l'Amérique. La forte odeur de musc qu'il exhale lui a fait donner son nom. Cet animal est remarquable par la forme de ses cornes, qui, réunies à la base, s'étendent sur le front comme un bandeau, descendent de chaque côté de la tête jusqu'au niveau du cou et se relèvent en forme de crochet.

Cet animal se plaît dans les endroits élevés et grimpe sur les rochers presque aussi bien que les chèvres.

Le Buffle, originaire de l'Inde, a été naturalisé dans les parties méridionales de l'Europe ; on le trouve aussi en Afrique, et ils sont très nombreux dans les environs du Cap. — C'est avec la peau de cet animal que sont faits les ceinturons que portent fièrement nos soldats. — Le buffle nage et plonge avec une grande facilité, et il aime à se coucher dans la fange.

Le Bœuf de nos pays, enfin, celui dont je vous détaille les mérites. Le mâle est appelé taureau et la femelle vache ; je n'ai pas besoin d'ajouter que c'est à celle-ci que vous devez le bon lait dont vous vous régalez en ce moment.

— N'est-ce pas, monsieur, que les taureaux sont dangereux? interrogea Victor, quand le vieillard eut cessé de parler.

— Il faut reconnaître que le taureau n'est pas toujours d'humeur facile, mais il attaque rarement sans être provoqué. Ce n'est pas comme son cousin le buffle : celui-là est véritablement un méchant animal à l'état sauvage. Son caractère cruel et perfide le fait redouter des habitants du Cap de Bonne-Espérance. Il se cache dans les bois et guette l'approche de quelques malheureux passagers, sur lesquels il se précipite avec fureur et qu'il tue sans aucun motif. Non content d'avoir assouvi sa colère, il piétine sa victime, la foule avec ses genoux et se roule sur son corps; se complaisant dans sa barbarie, il s'éloigne de temps en temps du cadavre et revient avec une férocité nouvelle se ruer sur cette masse inerte.

— Quelle méchante bête ! s'écrièrent les enfants.

— Je parle du buffle sauvage. La servitude

a singulièrement modifié le naturel de cet animal. Sans montrer la docilité de nos bœufs, le buffle domestique supporte le joug et obéit à l'aiguillon. Ce quadrupède est fort employé comme bête de somme en Grèce, en Italie et en Sicile.

Le bon vieillard se tut pendant quelques minutes : ouvrant une boîte qu'il tenait à la main, il y puisa une pincée de tabac.

— Vous me demandiez tout à l'heure ce qu'on peut faire des cornes du bœuf? reprit-il en s'adressant à Louisette. Examinez cette tabatière, ma petite blondine; elle a été fabriquée avec les cornes qui causent votre effroi.

Si les bœufs n'avaient pas de cornes, il serait impossible de les assujettir au joug. Ce qui prouve que chaque chose a sa raison d'être.

Des cornes du bœuf, le tabletier sait tirer une foule de menus objets d'utilité ou d'agrément : il en fait des têtes de cannes, des tuyaux de pipes, des boutons d'habits, des manches de couteaux, des cuillères et des fourchettes à salade, des porte-plumes, des étuis, des chausse-pieds et quantité d'autres pièces de petite dimension.

— Le bœuf de nos pays à l'état sauvage est-il aussi cruel que le buffle? demanda Jules, que le récit du vieux fermier avait vivement impressionné.

— Cette race n'existe plus guère. Les quelques rares individus que l'on rencontre encore en Asie et en Lithuanie sont d'un naturel fougueux, comme le sont tous les membres de cette famille qui n'ont pas été réduits à la servitude.

Les bœufs de nos pays, je vous l'ai déjà dit, ne sont point souvent agressifs; néanmoins, il n'est pas prudent de traverser les troupeaux qui paissent dans les prés, et l'on doit se garder de taquiner les individus qui les composent.

A ce propos, je dois vous faire observer qu'on ne doit jamais tourmenter aucun animal, quel que soit d'ailleurs son bon naturel ; certains enfants mal élevés ont cette détestable habitude ; aussi leur arrive-t-il parfois des aventures fort désagréables. Les animaux ne sont pas des jouets et moins encore des souffre-douleurs; ne les agacez pas, et vous n'aurez rien à redouter de leur irascibilité.

Ceci posé, revenons à nos bœufs.

Je vous disais tout à l'heure qu'aucune partie du bœuf n'est inutile : je vous ai indiqué l'emploi de sa peau, de sa chair et de ses cornes. Je vais vous expliquer sommairement ce qu'on fait du reste.

De ses pieds on retire une huile onctueuse

qui sert à graisser les machines à vapeur et tous les mécanismes à frottement.

La membrane qui couvre ses intestins, lorsqu'elle est séchée, forme ce qu'on nomme la baudruche, qui était employée à la construction des aérostats avant l'invention des étoffes caoutchoutées.

De ses os et de ses intestins on obtient de la gélatine et de la colle forte, dont les ébénistes et les fabricants de jouets usent en quantité considérable. Ces mêmes os, étant calcinés, produisent du noir animal, lequel est employé à la clarification du sucre.

La graisse de bœuf procure un suif qui rivalise avec celui du mouton et dont on fait des enduits imperméables et des chandelles.

Avec son poil, on rembourre les sièges, les selles de cavalerie, les coussins, etc.

Le sang du bœuf n'est pas non plus dédaigné : soumis à l'action du feu et allié à d'autres substances, il produit une couleur bleue très solide connue sous le nom de bleu de Prusse. Cette couleur est fort recherchée du peintre en bâtiments et du fabricant de papiers peints.

Il n'est pas jusqu'aux excréments du bœuf qui ne trouvent un utile emploi : ils fournissent de l'engrais à l'agriculteur et servent, en les mêlant à de la terre, à former l'aire des granges, c'est-à-dire le sol où se bat le blé ; et, ce qui sans doute vous fera sourire, ces mêmes excréments, étant desséchés, sont recueillis par les pauvres gens de certains pays qui en font usage en guise de combustible pour se chauffer durant l'hiver.

— C'est bien vrai, monsieur, dit Victor, le bœuf est utile des pieds à la tête.

— La femelle donne du lait avec lequel on fait du beurre et du fromage, ajouta Berthe.

— Avec ses cornes on fait des boutons, dit Louisette.

— Sa peau nous procure de solides chaussures, expliqua Jules.

— Le cuir ne donne pas seulement des chaussures, fit remarquer le vieillard, il s'applique à mille autres usages : on en fait des courroies de machines, des harnachements de chevaux, des capotes de cabriolets, des tuyaux et des seaux à incendie, des visières, des sacs de voyage, des malles, des garnitures de pompes, des bâches pour couvrir les voitures, des tabliers d'ouvriers et même des chapeaux.

— Les os du bœuf produisent de la gélatine et du noir animal, continua Jules.

— De ses pieds on retire de l'huile, ajouta Victor.

— Et la bourre qui sert à garnir les coussins, vous n'en parlez pas? fit observer Berthe.

Marceline, la fermière, qui était survenue

pendant que nos petits amis récapitulaient les mérites et les qualités du bœuf, leur dit en souriant :

— Vous oubliez une des choses les plus

importantes, — chose dont vous faites un usage presque journalier, — vous oubliez la bonne, l'excellente, l'incomparable soupe au bœuf, si agréable au goût, si bienfaisante au corps !

Nous autres, habitants de la campagne, nous n'en mangeons que les jours de fête, tandis que vous, enfants gâtés de la fortune, vous vous en régalez plusieurs fois par semaine. Vous ignorez, sans doute, combien vous êtes privilégiés. Apprenez, chers petits amis, que parmi la grande famille humaine il n'y a pas trois personnes sur cent qui mangent de la soupe au bœuf deux fois dans l'année. Connaissez votre bonheur, et remerciez vos parents, qui vous procurent l'aisance et le bien-être.

— Oui, oui, s'écrièrent les enfants tous ensemble, vive la soupe au bœuf !

— Je n'ai plus faim, allons-nous-en, dit le petit René en guise de péroraison.

Ses frères et ses sœurs partirent d'un bruyant éclat de rire et quittèrent la table.

Cinq minutes après, les enfants couraient dans la prairie sous le regard de leur maman, qui surveillait de loin leurs joyeux ébats.

TABLE

SOCIÉTÉ ANONYME D'IMPRIMERIE DE VILLEFRANCHE-DE-ROUERGUE
Jules Bardoux, directeur.

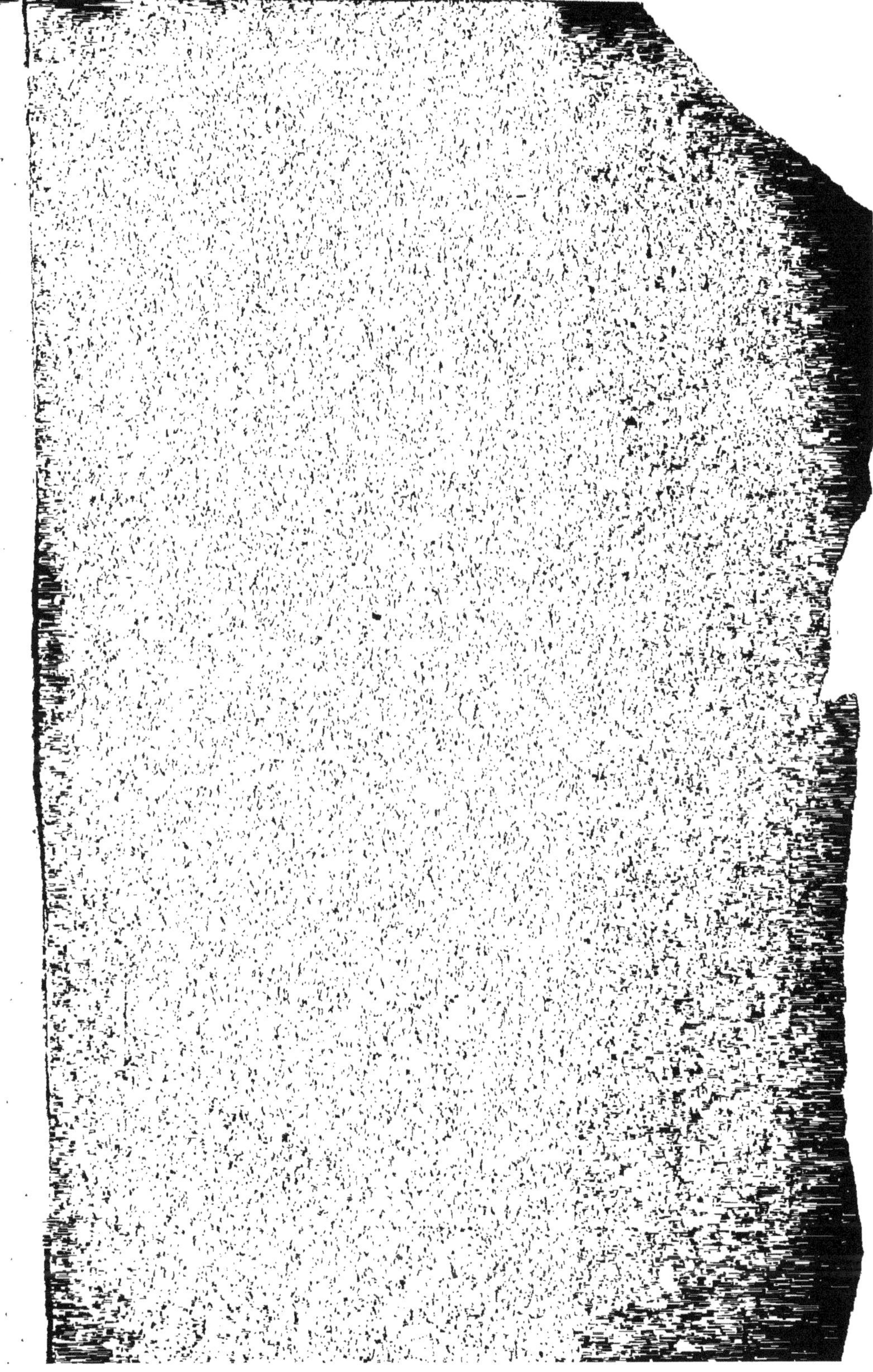

PARIS. — IMP. DE LA SOC. ANON. DE PUBL. PÉRIOD. — P. MOUILLOT. — 38574.

www.ingramcontent.com/pod-product-compliance
Ingram Content Group UK Ltd.
Pitfield, Milton Keynes, MK11 3LW, UK
UKHW012239240726
13966UKWH00003B/1157